點點故鄉情系列

獨一無二的百家被

何巧嬋 著

黃裳 繪

U0111084

新雅文化事業有限公司
www.sunya.com.hk

點點故鄉情系列

獨一無二的百家被

作者：何巧嬋

繪圖：黃裳

責任編輯：張斐然

美術設計：劉麗萍

出版：新雅文化事業有限公司

香港英皇道499號北角工業大廈18樓

電話：（852）2138 7998

傳真：（852）2597 4003

網址：http://www.sunya.com.hk

電郵：marketing@sunya.com.hk

發行：香港聯合書刊物流有限公司

香港荃灣德士古道220-248號荃灣工業中心16樓

電話：（852）2150 2100

傳真：（852）2407 3062

電郵：info@suplogistics.com.hk

印刷：中華商務彩色印刷有限公司

香港新界大埔汀麗路36號

版次：二〇二二年八月初版

ISBN: 978-962-08-8077-3

給**小讀者**的話

　　小弟弟要出生了，大家都希望為他送上祝
福。巧手的嫲嫲＊將所有祝福縫製成一份又美
麗又溫暖的禮物，請打開這本書看看這一份獨
一無二的禮物，也給小弟弟送上你的祝福吧！

＊嫲嫲：香港對祖母的稱呼，內地及
　　台灣多稱奶奶或阿嬤。

放學的時間，校門外，好熱鬧。

對欣欣來說，今天很特別，接放學的不是媽媽而是爸爸。

欣欣拖着爸爸的大手，一蹦一跳往回家的路走。

「爸爸，弟弟出世了嗎？」

媽媽昨天進了醫院，欣欣已經問了這個問題好多遍。

快要做姊姊了，真是叫人又緊張又興奮！

「快啦！ 就是這一兩天！」
爸爸微笑，他已回答欣欣好多遍。

「醫生，寶寶出世了嗎？」
其實，同樣的問題，爸爸也問了醫生好多遍。
再要做爸爸，真是叫人又緊張又興奮！
「快啦！ 就是這一兩天吧！」
醫生微笑，她已回答了欣欣爸爸好多遍。

回家了，爸爸打開大門。

跟平日一樣，欣欣總是人未入屋，聲音先到：

「嫲嫲，嫲嫲，我放學啦！」

平日嫲嫲總會張開大手，開心相迎。有時候，
桌上還擺放了美味的下午茶點。

現在，嫲嫲呢？

7

「噠噠，噠噠，噠噠……」
嫲嫲的房間傳來了陣陣縫紉機聲。
嫲嫲腳踏縫紉機，聚精會神。
「噠噠，噠噠，噠噠……」
小孫兒快要出世了，嫲嫲趕着要給寶寶送一件禮物。
再要做嫲嫲，真是叫人又興奮又緊張！

「哈！終於完成了！」

嫲嫲脫下了老花眼鏡，伸一個大懶腰。

「快來看看，多麼漂亮！」嫲嫲對爸爸和欣欣說。

她兩手一張，展開了一張七彩繽紛、圖案豐富的娃娃被。

爸爸豎起大拇指：「哇，好美麗的百家被！」

「老媽，了不起！」爸爸說不出的感激。

為了這張百家被，幾個月來，
嫲嫲聯絡親朋戚友。

搜集布料，設計圖案……
忙得團團轉。

嫲嫲「咔嚓、咔嚓、咔嚓……」
裁裁剪剪。

嫲嫲左拼拼，右湊湊，
一針一線，縫合燦爛的圖案；
一絲一縷，連起串串的祝福。

13

嫲嫲向欣欣介紹：這是外婆送的，
這是姨媽送來的。

欣欣倚在嫲嫲的身邊，一邊欣賞，一邊讚歎，
這真是一張圖案豐富，色彩繽紛的百家被！

嫲嫲托一托老花眼鏡繼續說：「哈哈，這兩塊布是坐飛機來的。」

英國的姑媽、北京的伯伯和伯娘，嫲嫲望向窗外，輕聲說：「好多年不見了，真是叫人掛念！」

欣欣認得這一塊：「我的花花裙。」
這正是她兩年前穿過的小花裙。
「是的。」嫲嫲親親欣欣說：「欣欣是個好姊姊，
以後姊弟相親又相愛。」

百家被中央的拼布繡了兩尾大
鯉魚，栩栩如生。

是誰送來的？

欣欣想起了什麼，她跑回房
間，取來自己的百家被：「我的被
上也有大鯉魚！」

「兩塊拼布都是舅公從家鄉西安寄過來的。」
爸爸點頭說。

「魚躍龍門！舅公祝福你們健康活潑呢！」
嫲嫲輕撫欣欣的頭髮。

舅公是誰？西安是什麼地方？
欣欣有點一頭霧水。

百家被太美麗了！
你看：欣欣披搭着百家被，像長了
彩色的翅膀，飛呀飛，飛呀飛……

這一晚，嫲嫲代替媽媽為欣欣講牀邊故事。
欣欣想起了：「嫲嫲，西安是什麼地方？」
「欣欣，西安是嫲嫲出生的地方。」
「嫲嫲，你給我講西安的故事好嗎？」
「好的，好的。」嫲嫲為欣欣蓋好被，温柔地回答。

嫲嫲柔柔地說：

「西安是歷史名城，中華民族的發源地之一……」

「西安的大雁塔內藏有唐三藏取來的西經……」

「西安的秦始皇兵馬俑世界聞名……」

西安的故事有趣而遙遠，
欣欣打了好多個呵欠，眼皮漸
漸下垂。

嫲嫲的聲音變得朦朧。

欣欣又想起一個問題：「嫲嫲，誰是舅公呀？」

「舅公就是嫲嫲的弟弟。」嫲嫲回答。

嫲嫲的弟弟？欣欣可從沒有見過舅公。

欣欣又打了一個大呵欠。

「嫲嫲，我的小弟弟也會變成舅公嗎？」

嫲嫲哈哈大笑起來：「會的，會的！」

嫲嫲親親熟睡了的欣欣，輕聲地說：「親愛的，那時候，我的小欣欣也變成嫲嫲了！」

欣欣帶着百家被進入了遼闊的夢鄉。

醫生的預測果然準確，
第二天弟弟就出生了。

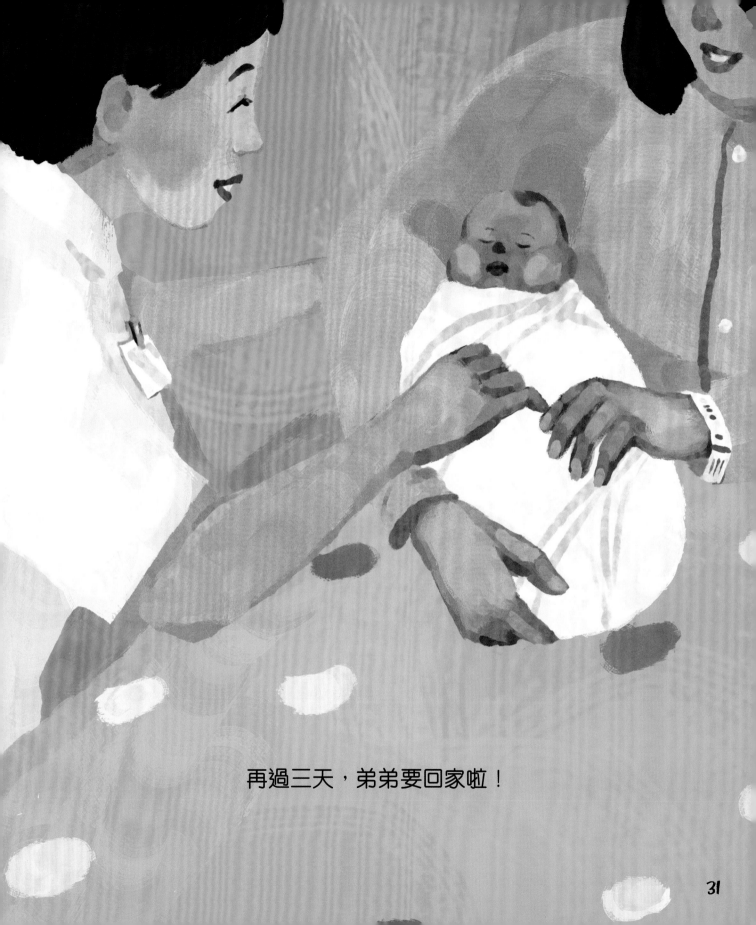

再過三天，弟弟要回家啦！

請看看，這一張全家福，誰笑得最燦爛？

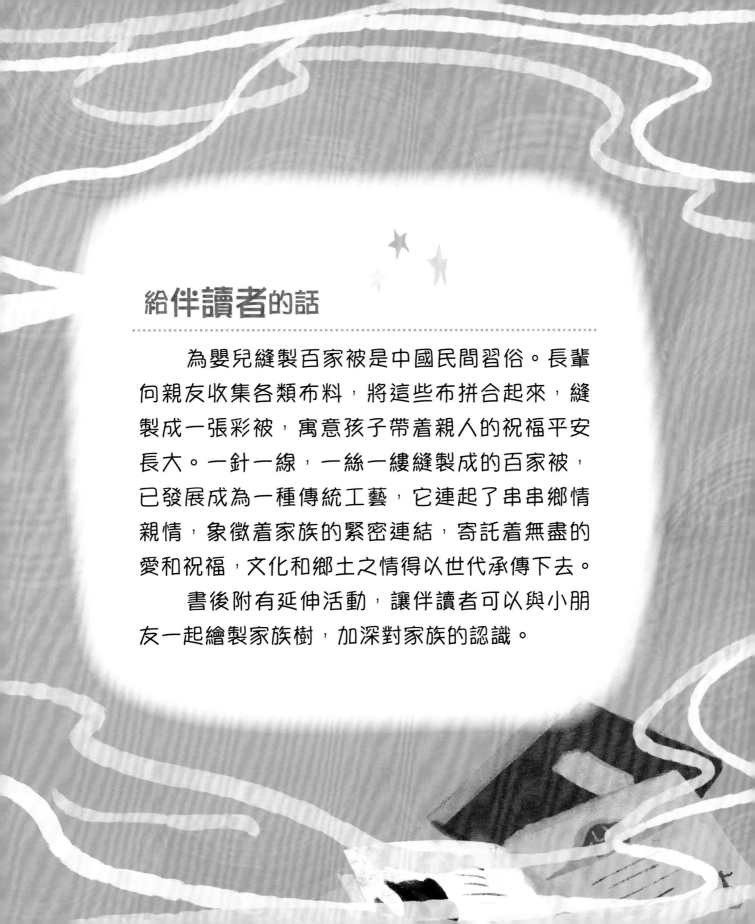

給伴讀者的話

　　為嬰兒縫製百家被是中國民間習俗。長輩向親友收集各類布料，將這些布拼合起來，縫製成一張彩被，寓意孩子帶着親人的祝福平安長大。一針一線，一絲一縷縫製成的百家被，已發展成為一種傳統工藝，它連起了串串鄉情親情，象徵着家族的緊密連結，寄託着無盡的愛和祝福，文化和鄉土之情得以世代承傳下去。

　　書後附有延伸活動，讓伴讀者可以與小朋友一起繪製家族樹，加深對家族的認識。

製作百家被的民間習俗

　　中國很多地方有讓新生的寶寶「吃百家飯，穿百家衣，蓋百家被」的傳統。每當嬰兒出生後，父母或者家中的長輩就會向左鄰右舍及親戚朋友們求取布塊。布塊的花色、大小各異，甚至新舊都不太講究，就算是一小塊布料或舊布片也會珍而重之地收下。因為用其他人貢獻出來的布塊製作而成的「百家衣」或「百家被」，是對嬰兒的一種美好祝願，希望孩子在大家的庇佑下可以健健康康地長大。

　　相傳，人們對某些姓氏人家送的布，會特別喜歡。如姓「劉」，因「劉」和「留」同音，在老人們看來，寓意更加吉利，對保佑孩子成長有着舉足輕重的作用。百家布的顏色多種多樣，不同顏色，也有不同的寓意，如「藍」與「攔」同音，人們相信藍色的布塊可以將不好的事情攔住，令孩子能平安長大。

　　除了製作「百家衣」或「百家被」，民間還有給孩子吃「百家飯」的習俗。當中蘊含的祝福之意和「百家衣」或「百家被」類似，都是希望孩子能得到更多人的庇蔭，健康成長。

　　如今，拼布已經成為國際流行的古典手工藝，發展出了不同的工藝製作，無論是在衣服、家品、家具上都可以看到拼貼、拼布的蹤影。

家族小記者：繪製家族樹

　　故事中欣欣弟弟的「百家被」是由親戚們送來的「百家布」製作而成，布料來自婆婆、姨媽、姑媽等人。欣欣一家的成員真多啊。請你化身小記者，訪問家中長輩，了解一下你的家族成員都有哪些吧。請你參考下圖，用畫紙繪製一棵屬於自己的家族樹，再介紹一下家中成員吧！

作者簡介
何巧嬋

香港教育大學榮譽院士、澳洲麥格理大學教育碩士。

曾任校長，現職作家、學校總監及香港教育大學客席講師。

主要公職包括多間學校校董、香港康樂及文化事務署文學藝術專業顧問、香港兒童文藝協會前會長等。

何巧嬋熱愛文學創作，致力推廣兒童閱讀，對兒童成長和發展有深刻的認識和關注。

截至 2022 年為止已出版的作品約 180 多本，其中包括《香港兒童文學名家精選：養一個小颱風》、《成長大踏步》系列及《嘻哈鳥森林故事叢書》系列等。

繪者簡介
黃裳

香港自由職插畫師，先天失聰，自小受父母熏陶喜歡藝術，立志要成為畫家。2011 年畢業於廣州美術學院油畫系學士，2014 年畢業於廣州美術學院版畫系藝術碩士。目前所有作品都喜歡加入版畫紙質、鉛筆及粉筆等營造手繪感覺。至今曾為多間出版社負責繪本插畫；也為不少品牌設計海報及宣傳刊物，例如：Lululemon、Panasonic、The Forest、美心、無國界醫生等。